Gönülden Gönüllere Esintiler

Can Veren Pervaneler-2

HAYATİ İNANÇ

babıali kültür yayıncılığı

BKY-Babıali Kültür Yayıncılığı: 323
Edebiyat: 2

Can Veren Pervaneler-2
Hayati İnanç

Çizim ve Yayına Hazırlayan
Ragıp Karadayı

Editör
İrfan Özfatura

Kapak Tasarım
Yunus Karaaslan

İç Tasarım
Adem Şenel

1. Baskı: Nisan 2016

ISBN: 978-605-9059-27-5

Sertifika No: 12393

babıali kültür yayıncılığı
29 Ekim Cad. İstanbul Vizyon Park Ofis Plazaları
4. Vizyon Kat:2 D:17
Bahçelievler - Yenibosna / İstanbul
Tel : 0 212 438 47 78 Fax: 0 212 438 57 78
www.bky.market.com • bky@bky.com.tr

Baskı ve Cilt
Ege Reklam Basım Sanatları San. Tic. Ltd. Şti.
Esatpaşa Mah. Ziyapaşa Cad. No : 4/1 Ataşehir / İstanbul
Tel : 0216 470 44 70 Faks : 0216 472 84 05
Matbaa sertifika no : 12468

Gönülden Gönüllere Esintiler

Can Veren Pervaneler-2

HAYATİ İNANÇ

babıali kültür yayıncılığı

MUKADDİME ve TEŞEKKÜR

Edebiyat, sanat derdiyle dertlenmiş münevverlerimizle zaman zaman yaptığımız sohbetlerimi kitaplaştırmak istedim. Bu müstesna meşguliyetimin detaylarını öğrenmek ve takipçilerime zarar vermeden faydalı olmak için önümde aşmam lazım gelen birçok mani olduğunun farkında olarak;

Bu faaliyetlerim boyunca ilminden faydalandığım, insani ve ahlaki değerleri ile de örnek edindiğim, yanında çalışmaktan şeref duyduğum ve ayrıca tecrübelerinden faydalanırken göstermiş olduğu kadirşinaslık, hoşgörü ve sabırdan dolayı muhterem hocalarıma,

"Gönülden Gönüllere CAN VEREN PERVANELER" kitabımın resimlemesini yapan Ragıp Karadayı beye, kırık dökük cümlelerimizi tatlı üslûbuyla satırlara döken sevgili dostum İrfan Özfatura'ya teşekkür ediyorum. Birlikte çalışmaktan zevk aldığım arkadaşlarıma ve emeği geçen herkese;

Bu günlere gelmemde büyük pay sahibi olan aileme ve dostlarıma sükranlarımı arz ederim.

Hayati İnanç

İLK SÖZ

Kim gidici değil ki... Biz de gideceğiz ve buluştuğum zaman söyleyeceğim. O kalabalık yerde, mahşer meydanında; **"sizi alkışladılar efendim"** diyeceğim. Önce **Nabi**'yi, sonra **Şeyh Galib**'i ve dahi **Baki**'yi sizler adına selamlayacağım. Gösterdiğiniz iltifatı bir postacı gibi taşıyacağım onlara.

Yaptığımız iş, eskilerin tabiri ile; **"nâkilane asar raviyane ahbar"** olmaktır. Türkçeden Türkçeye çevirirsek eserleri nakletmek, haberleri rivayet etmek... Araya da girmemek şartıyla tabi bu arada...

Bilirsiniz naklederken; **"bir anlamışlık ya da anlayamamışlıktır"** karışır işin içine. Okumuşsunuzdur içinizi yakmıştır, burmuştur, üzmüştür, heyecanlandırmıştır ama tamı tamına da anlayamamışsınızdır. Zaten şiirin çok da anlaşılır olması iyi bir şey değildir. Eğer okuma yazma bilen biri ilk bakışta kavrayabiliyorsa o şiir değil nesirdir.

Şiir flu bir alandır, biraz zor anlaşılır. Bazen hiç anlaşılmaz. Peki insan anlamadığı şeyden ne haz alır? İşte orası mühim. Hepimiz o güzelliği bir yerlerden tanırız ve büyük bir haz duyarız. Bu şuna benzer; bülbül ötüşünden zevk alırız ama neden bahsettiğini bilmeyiz, merak da etmeyiz. Sadece şundan eminizdir **"güzel şeyler söylüyor mutlaka!"**

Bizim güzeli tanıma kabiliyetimiz fıtridir (doğuştandır), insiyakidir, kazanılmış değildir.

Uzun söze ne hacet; bu da biraz Atalarımızın babalarımız Hz Adem'den dolayı Cennet şükürle ifade etmeli ki Anadolu olmasıdır.

AŞUK, MAŞUK, RAKİP

Aşkta üç kahraman vardır; **"seven, sevilen"** bir de arada **"problem"** olan.

Haydi biz **aşık, maşuk, rakip** diyelim ona. Gül, bülbül, diken. Ferhat, Şirin, Hüsrev... Kerem, Aslı, Keşiş. vs...

Yeşilçam'ın tasnifi ile; esas oğlan, küçük hanım ve kötü adam!

Üçüncü kişi güçlük çıkarır, çelme takar, işte onunla yapılan mücadele insanı yüceltir, mevzuya tat katar.

Eskiler bunu **"teberri olmadan tevelli olmaz"** şeklinde dört kelime ile özetleyivermişler.

Yani zararlıdan, kötüden, hayırsızdan uzaklaşmadıkça, güzele yanaşamazsınız asla.

Cem-i zıddeyn muhaldir, (iki zıd şey bir arada durmaz). Doğuya gidiyorsanız Batıdan uzaklaşacaksınız. Eğer ışığı arkanıza aldıysanız ömür boyu gölgenizin peşinde koşar, kavuşamazsınız. Işığa dönen ise gölgeleri peşine takar.

Şeyh Galip rahmetli ne güzel anlatıyor:

Birden bire bul aşkı bu tuhfe bulanındır.
Devran olalı devran erbab-ı safânındır.

Yani bu aşk denilen, ancak tadanın kavrayabildiği şeyi buldun mu senindir. Kimse sormaz, mülkiyet iddiasında da bulunmaz.

Ve bu kâinat yaratıldığı günden bu yana safa erbabının ekseninde dönmektedir.

"Aşk gelicek, cümle eksikler biter" demiş Hazret-i **Yunus Emre** o kendine has ifade tarzıyla.

Pekiiii, rakip kim?

Necip Fazıl rahmetli:

Ey düşmanım, sen benim ifadem ve hızımsın,

Gündüz geceye muhtaç; bana da sen lazımsın. demişti...

Doğru da söylemişti.

Eski derdin yeni bir terennüm biçimi.

Eskiden vezinle, aruzla yazmışlar şimdi ölçüyle, kafileyle. Hikâye aynı, meram değişmiyor... Kanuni'nin dediği gibi: **"Cümlenin maksudu bir, amma rivayet muhtelif."**

Herkes ayrı dert ile yanıyor ama tasvirleri farklı oluyor.

Ömrü boyunca dağda bayırda yaşamış biri gönlünü çalan güzeli **"maşallah çınar endamlı"** diye övebilir, mürekkep yalayan bir çelebi ise sevdiğini şöyle tarif edecektir **"Elif gibi!"**

Kimi ar'ar dedi kaddi dildâra kimi elif,

Cümlenin maksudu bir amma rivayet muhtelif.

Lofçalı Sabit merhum da diyor ki:

Meydâna geldi nâ'ş-ı rakib-i nemime -sâz,
Kıldım huzur-u kalp ile ömürde bir nemaz.

Rakip ölmüş meğer, koymuşlar musallaya. Ben de oradan geçiyordum, dahil oldum safa. Ömrüm boyunca kalp huzuru kıldığım bir namaz varsa, rakibin cenaze namazıdır, inan.

Düşmanla yapılan mücadele insanı yüceltir, çünkü menfi olanın zararlının karşısında. Onunla didişmek irtifa kazandırıyor aşığa.

Necati Bey merhum. **Sultan Fatih** devrinin dev şairi, **"Benim için ağlayın"** diyor.

"Eğer, biraz merhametiniz varsa... Yare kavuşamadım gitti ama rakip de ölmedi ki helvasını kaşıklasaydık bari!"

Acır isen gel Necâti derd-mende acı kim,
Ne leb-i dilber nasib oldu, ne helvayı rakib.

Yani iki lezzete talip, maalesef ikisinden de mahrum.

ÜÇ ŞEY!

Haddi zatında **"iyi - kötü - güzel"**, **"aşık - maşuk - rakip"** bahanedir, şair; "kul - Allah - nefis" üçlüsüne işaret etmektedir.

Dedik ya; şiir biraz dolaştırır, hemen anlaşılmaz. Zaten aşikar olmasını istese nesir yazar. Demek ki zorluğu murat ediyor, satırların arasına saklanıyor.

Bazıları da kendini gizlemekte daha başarılıdırlar. **Naili** gibi, **Yahya Kemal** gibi. Oku oku sar başa, hiç anlaşılmazlar.

Kavrayamadığım halde bazı mısralara günlerce göz yaşıyla baktığımı ve akide şekeri gibi ağzımda dolaştırdığımı sizlerden saklayacak değilim. Anlamamanın verdiği bir haz mı? "**Vardır**" vesselam.

Bazen güleriz tebessüm ederiz ama dışa taşan; neşe değil, hüznümüzdür aslında.

Gözlerin ağlaması ruhun gülmesidir.

İşte ecdat bunu iyi bilir.

İnsan: Beden ve ruhun bir araya gelmiş haline verilen isimdir. İkisi ayrıldığı zaman adı da mertebesi de değişir.

Üzerine binilen beden (ne hikmetse ona da rakib denir) ruh süvarisi indiği zaman hiç olur, kıymetini yitirir. O artık cesettir, sarıp sarmalayıp defnetmelidir. İhmale gelmez, yoksa belediye girer devreye.

Hazret-i Mevlana buyuruyor ki: **"Beden adlı merkebe bindin, ahire doğru yola çıktın, adam gibi dizginleri tut, işi merkebe bırakırsan ahıra gidersin."**

Yani bu kadar veciz anlatılabilir. **Ahire** mi, **ahıra** mı?

Tabii burada üç dilin bütün imkânlarını bol bol kullanabilmenin rahatlığını yaşıyor.

Arabi,

Farisi,

Türki.

Bu üç lisan; eş yumurta kardeşidir.

Bir araya o kadar güzel gelmiş ve öyle de güzel geçinmişler ki. Biz araya girmesek yine geçinip gideceklerdi. Yaa nesini ayırıyorsun? **Fuzuli** bir beyt yazıyor. Daha başlangıcındaki üç kelimeye bakıyorsun biri Farsça biri Arabça üçü de Türkçe amma...

Men lebün müştakiyam zühhâd kevser tâlibi,
Nitekim meste mey içmek hoş gelir, hûş- yâre su...

Ben dudaklarına iştiyaklıyım (arzuluyum), halbuki öbürü serin suya talip.

Öyledir tabi, ayık olan suyu ister, sarhoş olan şarabı.

Her kelime manzum, her kelime metafor ve sanki hayatta karşılaştığımız manaların dışında, uzağındalar. Bir üst evrenden bakar gibi bize mana hediyeleri gönderiyorlar.

Buradaki dudak dudak değil, şarap şarap değil, mey elbette mey değil.

Akıllı ol!

Sultan Fatih döneminin usta şairi **Muğlalı Şahidi** enteresan bir insan. Farsçadan Türkçeye bir lügat hazırlıyor. Kamus, sözlük yapılmadık şeyler değil ammaaa...

Bunu da manzum yazıyor. Dünya tarihinde başka misali, örneği yok. Akıllara ziyan... Hani kendi Fars asıllı olsa anlarım da...

Bir lügatı şiirle yazmak...

Mayın tarlasına düşmüş bir deliyim hudutta,
Gözüm sekizinci renk ve dördüncü boyutta.

Demek içinde bulunduğumuz üç buut kifayetsiz gelmiş, adam sınırları zorluyor.

Eh, sonsuzluk için yaratılmış olan, şu küçücük dünyada mutlu olabilir mi?

Cihânda Cennet-ül Me'va muvâfık yârla hem demdir,
Muhâlif şahsa yâr düşmek bu âlemde Cehennemdir.

Münasip, uygun dostlarla, hasbi insanlarla bir arada bulunabilirsen dünya cenneti içindesin. Kıymetini bil.

Aksi de variddir. Dünyada cennetin ve cehennemin tezahürü bu kadar olabilir.

Karga da ötecek. bülbül de... Sen ne et eyle ibret almaya bak, ikisinin ötüşü de başka.

Nabi merhum:

Kimdir bizi men'eyleyecek bâğ-ı cinândan?
Mevrûs-i perdedir gireriz hâne bizimdir.

Cennet bahçelerinin kapısına geleceğim de birisi de bana sen giremezsin diyecek. Hiç tahmin etmiyorum. Niye? Babam Ademden mirastır, tapusu bizde.

"Ümidin bu kadar ileri gitmesi doğru mu" diye sorulabilir ama o şairdir. Şair milletini hoş tutacaksın sırtını sıvazlayacaksın, karnı tok, sırtı pek olacak ama çok ciddi işlerde de itimat etmeyeceksin.

Niye? Bir kere ayağı yere basmıyor adamın, uçuyor. Kız istese verilmez. Şahit olarak dinlenmez.

Aklı başında değil ki. Dördüncü boyutu zorlamaktan etrafını görmüyor. Dünya işlerini ciddiye almıyor.

Yahu idam sehpasının önünde latife yapan adama ne denir? Kaside sahasında en önde gelen şairimiz **Erzurumlu Ömer Nef'i** merhum **Dördüncü Murat** gibi birinin hükmüyle idama mahkum olur.

Açık söyleyelim zulme filan uğramadı. Bal gibi de hak etti!

Dördüncü Murat gittiği seferlerle, kazandığı zaferlerle devleti girdaplardan çıkarıyor bi-iznillah. Eğer Bağdat'ta ya da Erivan'da tökezlese Osmanlının işi zordu o saatten sonra.

Genç, bilekli, yürekli, çelik iradeli bir sultan. Gözünü budaktan esirgemiyor.

Nef'i de sözünü dudaktan esirgemiyor.

Sultan Murat, Nef'i'yi herkesten iyi tanıyor, kendi de şair zira. Çağırtıyor yanına:

"Bana bak" diyor **"zaman zaman bize de laf dokundurdun anlamadık sanma. Şairsin diye ses çıkarmadık. Lakin şu günlerde İstanbul sıkıntıda. Arbede kopmasından korkarız maazallah. Bayram Paşa'yı fevkalade salahiyetlerle vali tayin ettim, aman ha onun karizmasını çizecek bir şey yapma!"**

Bu gün çok satan gazetelerin manşetine mevzu olmak neyse, o devirde de Nefi'nin diline düşmek o. Bir mısra yazmaya görsün, şimşek hızıyla yayılıyor İstanbul sokaklarında. Evlerden ırak, Allah muhafaza. Bitersin, toparlayamazsın bir daha.

Nef'i ise: **"Yeter ki kafiye tutsun, babamı hicvetmezsem namerdim"** diyen biri. Gözü kara, kapkara.

Neyse yeri geliyor, tabiatı galip geliyor. Bayram Paşa'ya vuruyor. Paşa bir gidip geliyor.

Sabır.

Bir daha vuruyor.

Sabır sabır, ya sabır!

Ve üçüncü defa vurunca...

Yollanıyor kadıya.

Cellat ve şair.

İkisi şık durmuyor yan yana. Kıyamayanlar bir şeyler yapmaya kurtarmaya çalışıyorlar. Nefi'ye diyorlar ki; **"divanda siyahi bir vezir var. Bir amanname iste, Sultan Murat onu kıramaz asla."** Gidiyor, arz ediyor. Adamcağızın da gönlü onun gibi bir şairin kaybına el vermiyor. Alıyor kamışı eline tam: **"Haşmetli Sultanım"** diye başlayacak, mürekkep tıplamasın mı kağıda.

Nef'i kıpırdanıyor.

"Ne oldu yine? Hayrola!"

"Ter-i pakiniz efendim, damladı da..."

Vezir nameyi yırtıp atıyor, **"alın bunu götürün"** diyor. **"Aman benden uzak dura!"**

Zenci teri ve mürekkep. Tamam zekice bir şaka ama yapılır mı, infaza çeyrek kala...

Yok, o yapar. Salsalar, bıraksalar yine yapar. Nef'i öyle olunuyor zira.

İşte böyle bir kalite yarışı; hazin bir şekilde uğurlanıyor son yolculuğuna.

"Sağlam karakter, kendine güven, karizma ne demek" diye sorulsa, onu gösterebilirim rahatlıkla.

Ey dil hele âlemde bir âdem yoğ'imiş,
Var ise de ehl-i dile mahrem yoğ'imiş.

Gam çekme eğer hakikatte arif isen,
Farz eyle ki el'an yine âlem yoğ'imiş...

Diyor ki; **"dünyadan geldim gidiyorum, biraz sonra aranızda olamayacağım. Adam gibi bir adam göremeden gidiyoruz vesselam."**

Ahiretteki durumunu zora sokmak da istemez, gönül erbabıdır ne de olsa. **"Var ise de bize rast gelmedi belki"** der, ayar yapar kibarca.

Gam çekme, telaş etme, oraya göçüyorsun diye panik yapma. Yüz yıl evvel neredeydin Nef'i? Gelirken bir şey mi getirdin yanında? Yokluktan geldiğine göre bir şey kaybetmiş değilsin. Sıfırdan sıfır çıksa kalan sıfır olacak değil mi ya?

"Farz eyle ki el'an yine âlem yoğ'imiş."

Ademden, yokluk aleminden emaneten geldiğinin farkında. Bunu nerede söylüyor peki?

İdam sehpasında.

Çok görülmüştür şairler kralları ve sultanları över caize (ihsan) koparırlar. Zaman zaman bunu küçülerek, tabasbus içinde yaparlar.

Methiye yazanların alayı yaltakçı mı? Onu söylemek haksızlık olur mutlaka.

Nefi'i de Dördüncü Murat'ı övmesi icap etmiş. **"Öyle büyüksün ki sultanım"** demiş **"seni benim gibi bir şair övüyor."**

Haydi gel burdan yak!

Kendisi ile dalga geçebilen bir adam. Dünyanın öteki ucuna bakıp bizde bundan yok mu ya dediğimiz Humor adlı kabiliyet öz malımız aslında.

Sadece mirasımızla aramızdaki irtibatı düzenleyemedik daha.

Kendisiyle dalga geçilecekse bizimkiler daha alasını yapar.

Eblehânı dâma çekmektir, taazzumdan garaz,
Yoksa herkes kendi vicdanında miktarın bilir.

Yenişehirli **Avni** bu. **"Ben"** diyor, **"zaman zaman övünürüm, ama maksadım; ahmakları düşürmektir tuzağa. Kaç para ettiğimi bilmez miyim yoksa?"**

Şair **Hayali** diyor ki:

Ne zillet vermeye rağıp ne devlet hâhımız vardır.
Ko gayri gayra yâr olsun, bizim Allahımız vardır.

Bir medeniyetin özetidir bu.

Birini indirmek gibi bir derdim yok, yükselmek gibi de arzum iştahım da yok.

Aşağısı yukarısı farketmez, bırak başkaları başkalarına yar olsunlar, bizim Allahımız var diyor. Allahına kurban!.

Ârif-i ahvâl olan bir hâlete dil bağlamaz,
İnkılâb eyler zaman, ikbâl olur, idbâr olur.

Bağdatlı **Ruhi**. Oda 1560. Yine aynı dönem. Düşünebiliyor musunuz, bir sürü birinci sınıf insan var etrafınızda. Gazi Üniversitesinde konferans veriyordum, bir delikanlı sordu:

"Hocam not aldım" dedi, (görünüşte hiç de dinlemiyor gibiydi) **"on iki şairden bahsettiniz, hepsi 16. yüzyılday'da. Ben Türk Dili ve Edebiyatı okuyorum ama dokuzunun adını yeni duydum daha. Nasıl oluyor da bu çapta on iki şair aynı çağda? Ve nasıl oluyor da biz varamıyoruz farkına?!."**

O yıllarda İngilizlerin bir **Şekspir**'leri var.
Sahi, Şekspir niye unutulmadı?
Başka adam yoktu zira!

Şairlerimiz öyle parlak şeyler söylüyorlar ki gözümüz kamaşıyor. Yarasalara döndük bakamıyoruz ışığa.

Dide-i huffaş görmez âfitâbın rengini,
Oldu her pervanenin odlara yanmak pişesi.
Ey Hayâlî derd-i aşka herkes olmaz âşinâ,
Bûma vîrân bülbülün gülzârdır endişesi.

Dört uçan mahluk üzerinden bakıyor hayata.

Yarasa ışıktan korkar kaçar, karanlık mahzenleri mağaraları mekân tutar. Işığı görmeye tahammül edemez asla. Pervane ise (küçücük bir kelebektir) ışıktan kaçmak şöyle dursun aleve girip yanmayı minnet bilir cana. Seve seve yanar, dona dona yaşamaktansa.

Herkes aşk derdine aşina olmaya ehil değil, nitekim baykuş viranede, bülbül gül bahçesinde konaklar. Herkesin makamı da ayrı mekânı da... Sinek karnını doyurmak için pisliğe konar, her deliğe girer çıkar, Anka kuşu Kaf dağının tepesinde yaşar. Rızkı gelir ayağına...

Bizim için en mühim gıda; annemizin sütüydü, peki peşine mi düştük? Hayır hiç zahmet çekmeden, akıttılar ağzımıza. Rızk elbette gelecek, iyi de bu telaş niye o zaman?

Olsa halkın rızkı hâsıl verzîş-i tedbirden,
Kûdekân-ı bi-zebân mahrum olurdu şîrden.

Nabi mahrum (biraz ağdalı yazar) diyor ki; insanların nafakalarını temin etmeleri gayretle, kuvvetle, zihinle, çalışmayla, kabiliyetle olsaydı, ağzı dili söylemez kundak bebesi anne sütünden mahrum kalırdı.

Geçen biri sordu: **"Tevekkül nedir hocam?"**

Dedim: **"Don't, panic."** Panik yapmayın!

Yiyeceğin ekmek de, içeceğin su da, alacağın hava da belli. Sadece bildirmediler sana.

Sen de bilmeyiver kardeşim, sekerât haline hazır ol daima.

Hazreti Ali, radıyallahu anh ve Hazreti Aişe, radıyallahü anha... İki büyük şair, iki büyük deha.

Ali keremallahü vecheh; harp esnasında askerine der ki: **"İki gün ölümden korkmabeni şaşırtır, biri ecelin geldiği gün, biri de gelmediği gün. Geldiği gün telaşa ne hacet, yolculuk durmaz. Gelmediği gün de ortada ölüm yok, işine bak."**

Şeyh Galip:

Merdânelik asâleti meydanda bellidir.
Hayber günü babasını kim sordu düldülün?

Mertlik yiğitlik meydanda belli olur. Hayber gününde Hazret-i Ali katıra biniyordu, malum. Ama süvarisini kale kapısına o taşıdı, tek başına.

Katıra sormuşlar **"baban kim?"** Cevabında; **"at dayım olur"** demiş, kibarca.

Ve size kısa bir aşk hikâyesi:

Fatih İstanbul'u feth etmeseydi, hatta padişah olmasaydı biz onu yine anacaktık burada. Şairliği ile hatırlayacaktık, ehemmiyeti azalmayacaktı bir mânâda.

Fatih, çok yazmayanlardan ama iyi yazanlardan.

Bana sorsalar; **Avni mi? Fatih mi?**

Full time **Avni**, Part Time **Fatih**.

Nefes aldığı her an şair ama icap ettiğinde sultan.

abarttığımı düşünmeyin, gemileri karadan yürütmenin bir izahı var; kalasları yuvarlarsın, kızakları yağlarsın filan. Çekersin, itersin, bir şekilde olur sonunda.

Yazdığı şiirlerdeki mana derinliğine bakınca hayret ediyorum.

Ordu yürütmek kolay mı?

Nevale bulunacak, kazanlar kaynayacak. Maliye her zaman zordur, Hariciye desen bıçak sırtında... Bir dakikası bile yok, dışarıdan bakınca.

Hey mübarek, o asude zamanı nerede buldun da gönül telimizi titreten mısralar döktün kağıda?

Onun asıl büyüklüğü tezahür eder burada.

Sultan Fatih'in altı yabancı dil bildiğini tarihçiler söylüyor. Bilhassa İngiliz **Arnold Toynbee.** Adamın 51 yılı İstanbul kütüphanelerinde geçmiş.

Kafası raki, şiş, kebaptan ötesine basmayanlar takılıyor:

"Ne buluyorsun bu harabelerde? Ömrüne yazık valla!"

Cevap manidar:

"Şair Baki'nin memleketinde bulunmak şerefi bana yeter bu bir."

"Sonra Sultan Mehmed diye biri var, İstanbul'u bizden aldığında yirmi bir yaşındaydı ve altı yabancı lisanı konuşuyordu rahatlıkla. Rumcayı Rumlar bile onun kadar detaylı bilmiyorlardı. Son bin yılda ondan iyi Rumca bilen gelmedi daha. İstanbul kütüphanelerinden devşirdiğim sermaye ile yazdığım kitaplar boyumu aşıyor o başka."

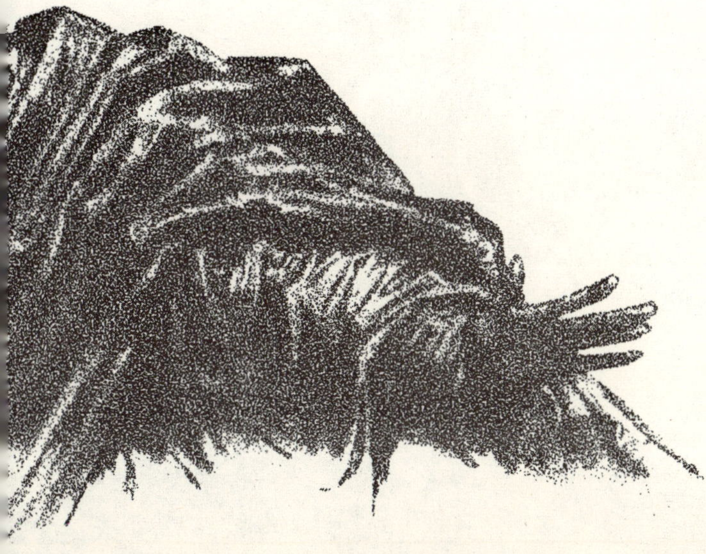

Fatih'in Saraybosna'ya gitmesi icap ediyor, o zaman yol belki bir ay. Mola yerlerinde Boşnakça öğreniveriyor. Meydana toplanan halka kendi dilleri ile hitap ediyor. O gün orada elli bin kişi var ve otuz bini imanla şerefleniyor.

Geçen sene Saraybosna'ya gittim. **"Türkiye'de kaç Boşnak var biliyor musunuz"** diye sordum.

Cevap yakıcıydı:

"Yetmişbeş milyon..."

İşte Sultan Fatih'in ektiği tohumlar.

Sultan bu gönül zenginliği ile gidip **Ebul Vefa** hazretlerinin kapısını çalıyor. (Türbe Vefa semtinde ziyaret ediliyor hâlâ.)

Kapı açılmıyor.

Biraz tereddüt. Sonra bir mollacık görünüyor kapıda.

"Kimsiniz?"

"Ben Sultan Fatih! Hocamızın elini öpmeyi, duâsını almayı murad ederim, münasip olursa."

Düşün kapınızda Erdoğan. **"Yok, müsait değiliz"** denir mi ona.

Ama deniyor.

Delikanlı arz etmiş gelmiş, menfi menfi başını sallıyor.

Şüphesiz onun da eli ayağına dolaşmış olmalı koca İstanbul fatihi gelsin de...

Lakin:

"El emrü fevkal edep!"

Edep, emirden üstündür!

Fazla ileri gitmiyor. Denileni yapıyor sadece...

Fatih'in gözleri doluyor, iki damla yaş yanağından süzülüp sızıyor sakalına:

"Gördün mü lala? Bizans'ın aşılmaz denilen surlarını aştık da bir dervişin tahta kapısında kalakaldık."

"Lala" dedikleri; baba hoca...
Şimdi; **"yaşam koçu"** diyorlar ona.
Akşemseddin gibi bir zirve...
Yedi yaşından beri yanında...
Ne vermedi ki?

Ve beş asır sonra bir başka şair, **Necip Fazıl**, Abdülhakim Arvasi hazretlerinin kapısında…

Bu kapıdan kol ve kanat kırılmadan geçilmez;
Eşten, dosttan, sevgiliden ayrılmadan geçilmez.

İçeride bir has oda, yeri samur döşeli;
Bu odadan gelsin diye çağrılmadan geçilmez.

Eti zehir, yağı zehir, balı zehir dünyada,
Bütün fani lezzetlere darılmadan geçilmez.

Varlık niçin, yokluk nasıl, yaşamak ne topyekün?
Aklı yele salıverip çıldırmadan geçilmez.

Kayalıklı boğazlarda yön arayan bir gemi;
Usta kaptan kılavuza varılmadan geçilmez.

Ne okudun, ne öğrendin, ne bildinse berhava;
Yer çökmeden, gök iki şak yarılmadan geçilmez.

Geçitlerin, kilitlerin yalnız O'nda şifresi;
İşte, işte o eteğe sarılmadan geçilmez! *

Evet aşk hikâyeleri devam ediyor. Kıyamete kadar devam edecek mutlaka...

Dönelim **Ebül Vefa** hazretlerinin dergâhına.
Genç molla cesaretini toplayıp soruyor:

** Necip Fazıl Kısa Kürek'in, Çile şiir kitabından 'Geçilmez' şiirinin tamamı ve 'İşim Acele' (Bkz. s. 48) şiirinin ilk dörtlüğü alıntı yapılmıştır.*

“Efendim, bunca yıldır yanınızdayım, gelene; ‘git’ dediğinizi duymadım daha. Kaldı ki sıradan bir insan değil bu, gelen padişah? Ne oldu ki kabul etmediniz, bir hata mı yaptı acaba?”

İçten içe yüreği yanarak buyuruyor ki hazret:

"Hikmetler var evlad! Çok ve büyük vazifeler var!

O gaza askeridir, biz duâ leşkeriyiz. O orada lazım, biz burada. Eğer tasavvuf lezzetini alırsa istidadı vardır, girer ve çıkmaz. Tacı, tahtı bırakır, dervişliğe kalkar.

Biz de vazifeye ihanet etmiş oluruz sonra. Hem ben ona 'görüşemeyiz, filan' demedim, sadece ayrılık olmayan yere randevu verdim. Onunla elbette görüşeceğiz. Orada!"

İhtimâl-i hecr teşvîşîne değmez zevk-i vasl,
Vasl ki var anda hicrân ihtimâli n'eylerem.

İhtimâl-i hecr teşvîşîne değmez zevk-i vasl,
Vasl ki var anda hîcran ihtimâli n'eylerem.

Ayrılık ihtimali olan bir vuslata kavuşma demem, onu istemem. Kavuşma; peşi sıra hicran gelmeyendir, o ise dünyada mümkün değil.

Neden?

Dardır da ondan. Mekânı dar, zamanı dar.

Dört üstü dört olur mu safâ cihânda kim?
Merbût-i çâr-mîh-ı anâsır bulunmuşuz.

Dâd alma mümkün idi felekden yâ n'eyleyim,

Birkaç zamân içinde müsafir bulunmuşuz.

Diyor **Şeyh Galip**.

Bana **"nasılsın, iyi misin"** diye soruyorsunuz, dört dörtlük bir iyilik nasıl olabilir ki?

Dört zıt unsurun bileşiminden insan kılığında geldiğim şu dünyada her şey yerli yerince olsa da,

Ya **su** rahatsız,

Ya **toprak,**

Ya **ateş,**

Ya da **hava**…

Bu dört mıha (çar mih) çakılmış bulunmaktayım.

Evet, ısrar etsek kapısına dayansak mutluluk alabilirdik belki ama yapamadık.

Ev sahibinin ikramı ile yetinmek mürüvvettendi ve biz misafirdik şurada. Misafir ev sahibinin kuzusu, talepkâr olmak mertliğe yakışmaz.

İkincisi de fazla vaktimiz olmadı be! Ömür kısa, çabucak gideceğiz göz açıp kapayasıya.

Evet mübarek gittiğinde kırk iki yaşında.

Ey Fuzûlî kalmışım hayrette bilmem n'eyleyim?
Devr zâlim baht na-fercâm taleb çok ömr az!

Bir sürü arzularım var ama hayat kısa, hayretten kalakalmışımı neyleyim?!.

Şikâr almaklığa geldik şikâr olduk bu âlemde,
Anâsır bendine düştük acep seyrânımız vardır.

"Ava geldiydik, bu aleme ama heyhat dört zıd unsurun arasında av olduk. Garip bir hikâyemiz var" diyor, 1910 da uğurladığımız **Salih Baba**...

Efendim, bizimkilerin gülmeleri, ağlamaları, hüzünleri, neşeleri de diğerini hatırlatır. Bizim hüznümüz yeis değildir, ümitsizlik değildir, kahr değildir yani içinde bulunduğumuz yüzyılda feveran edenlerin **"durdurun dünyayı inecek var"** çığlıkları hiç değildir. Bu hüzün; içinde saadeti barındırır zira.

Neden?

Beden ve ruh birbirine zıt ve ikisine birden **insan** diyorlar. Almakla beden doyar, vermekle ruh doyar.

Ruhunun farkında olmamak hastalığı ile malul değiliz asla.

Sultan Fatih merhumun yüz yüze konuşup kavuşamadığı dostlarından biri de **Muğlalı Şahidi** idi.

Şâhidî derd-ü belâdır şahid-i aşk-u velâ,
Sebt-i da'vâ etmeğe burhâne gelmişlerdeniz.

Divan şiirini okurken sevgili gençler, manayı hiiiç düşünmeyin, şöyle bir kulak verin, tarifsiz ahenk sizi alıp bir yerlere götürecektir.

Şiir vadisinde mânâ için ısrar etmek, bülbülü eti için kesmeye benzer. O mânâdan eninde sonunda haberden olunur, aceleye mahal yoktur. Şiirin ayak sesi var, alıp götürüyor zaten, baksanıza şu vezne.

Şâhidî derd-ü belâdır şahid-i aşk-u velâ,
Sebt-i da'vâ etmeğe burhâne gelmişlerdeniz.

Bunu yazan adam eminim ciddi bir şey söylüyor:

"Biz" diyor **"Cenab-ı Hakkın ruhlara ilahi aşkı sunduğu o günde aldığımız aşk ile sarhoş olup öyle yola çıktık."**

"Elestü bi rabbiküm."

"Kâlû belâ."

Ben sizin rabbiniz değil miyim?

Evet! Ya Rabbi.

Söz verdik ya, sözünde dur artık.

"Belâ" dedik, belâ bizimle birlikte geldi dünyaya, belasız gün yok. Bekleme... Olmayan bir şeyi beklersen üzüntü çekersin. Son durak cennet. Eee, bilette öyle yazıyor. Elestü meclisinden çıktık, cennete doçru gidiyoruz.

Çıkış belli, varış belli. **Kim demiş meçhul asker? Yapttığı toprak belli, tuttuğu bayrak belli.**

Ancaaak...

Aşıklık adamlık "vela" dostluk için şahit lazımmış, delil devşirmek lazımmış ki o şahit delil bela çekmekle oluyormuş. Adı geçen bela ise dünyada bulunuyormuş, o yüzden dünyaya şöyle bir uğradık, işimizi halledip gideceğiz.

Toplayın bavulları tren kalkıyor.

Üstad **Necip Fazıl:**

Gökte zamansızlık hangi noktada?
Elindeyse yıldız yıldız hecele!
Hüküm yazılıyken kara tahtada,
İnsan yine çare arar ecele!

Üstad fena halde nüktedandı malum. Bir gün demişler **"İngilizler koca ansiklopedi yazmışlar. Türk ediplerinden sadece ikisinin ismi geçiyormuş."**

Şöyle gözlüğünün üzerinden bakmış: **"İkincisi kim?"**

Rahmetlinin arkadaşları da öyleydi... Biri evini satacak. İyi de ne bakan var, ne alan. İşi kendi yapacak ya, araya emlakçı filan koymuyor.

"Sahibinden satılık!"

Arkadaşları müşteri kılığında geliyorlar, eksik, noksan neyse görecek, ikaz edecekler.

"Bakın" diyor, **"şu pencereden kabristan görünüyor, şuradan hapishane, şuradan da hastane. Ömür zaten bu üçü arasında geçip gitmiyor mu?"**

Kim alır o evi?..

Hayatla dalga geçiyor.

Batılı bir mütefekkir diyor ki:

"Kendini hafife al, işini ciddiye..."

İyi de bu bana ait bir şey ama haberim yok, o başka!

Peki bu medeniyet bize ne veriyor? Bu işle uğraşıyorsun da ne kazanıyorsun?

Keyfim yerine geliyor, yetmez mi? Peşin ödeme. Ayrıca bana sevildiğimi hatırlatıyor.

Hoşça bak zatına kim zübde-i âlemsin sen.
Merdüm-i dîde-i ekvân olan âdemsin sen.

Kâinatın özeti olduğunu, muhatap kabul edildiğini, adam yerine konduğunu sakın unutma. Kendi kıymetini sen zayii etmezsen, veren almaz.

Ben büyüğün ağzından dinledim; bizi öyle yetiştirdiler ki verdiğimizi geri almayız asla.

İkinci kazanç; eğer zelil düşüp solucan gibi sürünecek olsam tutar beni kaldırır, haddimi aşıp uçsam, alır beni indirir.

Ne tezellül, ne tekebbür.

Tevazu edip yürüyeceksin, adam gibi. Uçmak yok. Sana kanat verilmedi tamam mı? Bak ayakların var.

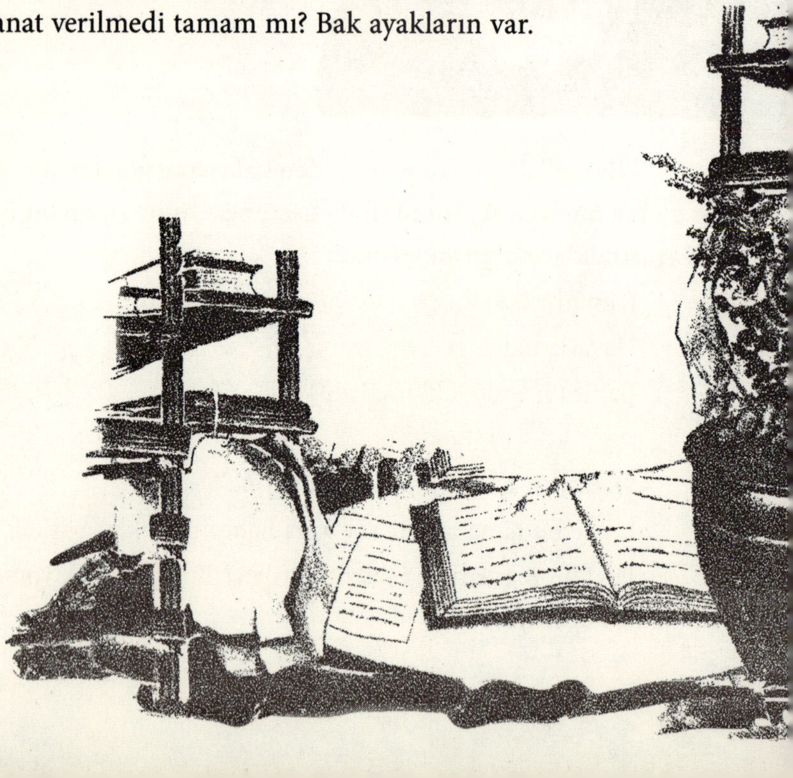

Anlamak, hatırdan çıkarmamak insanın ruh sağlığını dengede tutar.

Bunu yapabilen bir edebiyata ise insanlık tarihi birkaç defa şahit oldu. Hepsi de 1400 sene evvel başlayan güzelliğin tezahür biçimleriydi aslında.

Rahmetli **Seyyid Ahmed Arvasi** Hocamıza; yazdığı 30 küsur kitaptan dolayı iltifatta, övgüde bulundular:

"On dört asırlık koroya, bir çığlıkla iştirak ettim, hepsi bu!" dedi.

Bir insanın sermayesi kazancı kendni tanımasıdır. Kendini tanıyan Halikını da tanır. Ve asla kavuşur. İşte edebiyatımız bu hizmeti görüyor. Bizi ikaz ediyor, canlı tutuyor.

Ve bir başka aşk hikâyesi.

Haydi yine **Sultan Fatih** döneminden olsun.

Sultanın yüz yüze gelmediği halde mektuplaştığı dostları var.

Uzaktan dost, hani İstanbul'dan **Ebû'l Vefa** hazretleri, Muğla'dan **Şahidi** gibi.

Bir de **İran**'ın **Cam** şehrinde bir molla var. **Molla Cami** diyorlar ona!

Tasavvuf edebiyatının en önde gelen isimlerinden biri, büyük İslâm âlimi, dil bilgini.

Eskiden türlü marifeti olan insanlara hezarfen (bin fenli) derlerdi. İşte onlardan biri.

Hiç şüphe yok ki **Fars** edebiyatının da zirvesi.

Fatih mektup yazdı, onu İstanbul'a davet etti. Hazret kabul buyurdu, icabet etti. Taaa Herat'tan çıktı yola. Ardına bakmadan yürüdü. Yürü yürü, düşe kalka aylarca dağlar, taşlar aştı. Konya'da mola vermişti ki acı haber geldi:

"Sultan Fatih Vefat etti. İnna Lillah..."

Demek dünya işleri yarım kalıyor. O sohbet de tehir oldu ahirete.

Bir arkadaşla **Eyyub Sultan**'da dolaşıyoruz.

Baktı çeşmenin kenarında koca bir mermer tabela. Üzerinde zikrolunan kabristanda yatan büyüklerin adları.

"Ah be abi" dedi **"akşamları burada ne muhabbet dönüyordur ama!"**

Bizim de ne işimiz varsa Ankara'daki beton bloklar arasında.

Konferansın birinde bir lise talebesi kalktı:

"Hocam" dedi, **"madem ecdat hasreti ile yanıyorsunuz, sevdiklerinize bir an önce kavuşmanız için duâ edeyim o zaman?"**

"Yo yo yo aceleye mahal yok! Gecikebilir biraz daha."

Yaşlı hacı sarılmış Kâbe-i muazzama perdelerine:

"Allahım canımı burada al" diye yakarıyor.

Olur mu, olur. Duaların müstecap olduğu bir mekân sonunda.

Bir an duruyor ve ekliyor:

"Tamam burada ama bir başka zamanda..."

Molla Camiden bahs açmıştık di mi?

Bakın mübarek ne buyuruyor:

Yâ ResûlAllah! Çi bâşed çün seg-i Ashab-ı Kehf?
Dahil-i cennet şevem der zümre-i ashab-ı tû,

O reved der cennet, men der cehennem key revast?
O seg-i Ashab-ı Kehf, men seg-i ashab-ı tû...

Hani eski zamanlarda yedi mümin genç vardı da biz **Eshabı kehf** diyordük onlara.

İşte o yedi seçilmişler:

Yemliha,

Mekselina,

Mislina,

Mernuş,

Debernuş,

Şazenuş,

Kefeştetayyuş adlı yedi kahraman.

Bunlar münkir kralın has adamlarıydı ama sonsuz saadete kavuşmak için hicret ettiler saraydan. Zalimler peşlerine düştü, bir kovalamaca başladı ki soluk soluğa...

Bir çoban onların gül yüzüne vuruldu, katıldı aralarına. Köpeği **Kıtmir** takıldı arkalarına.

Bir mağaraya sığındılar. Cenab-ı Hakk onlara bir uyku verdi dalıp gittiler yıllarca. Belki üç asır sonra uyandılar, içlerinden biri ekmek almak için çarşıya indi. Baktılar çarşı pazar değişmiş, gelişmiş, kıyafetler başka başka. Tuhaf tuhaf bakıyorlar ona. Fırıncıya uzattığı para tedavülden kalkmış, bildiğin antika.

Muhafızlar filan derken iş yukarı intikal etti:

"Ya, siz kimsiniz, necisiniz, ne arıyorsunuz burada?"

Ve hakikat çıktı ortaya.

Efendimiz, sallallahü aleyhi ve sellem, onlara; **"ahbabım"** dedi.

"Dostum" ne büyük makam. O duâdan ötürü peşlerine takılan köpek bile cennetlik oldu.

Şair diyor ki:

"Ya Resulullah eshab-ı Kehf'in köpeği cennete gitmiş. Benim cehennemde yanmam reva mıdır ki ben de senin eshabının köpeğiyim."

Şevahid-i Nübüvve diye bir eseri var. Efendimizi, sallallahü aleyhi ve sellem, anlatan, haza ilaç. **"Tavsiye"** ne kelime, bilhassa vasiyet ederim dostlara...

Hasen-i Basri hazretleri de şöyle duâ ediyor:

"Ya Rabbi cehennemi hak ettiğimi biliyorum ama girersem İblis sevinecek. Onu sevindirme beni affet."

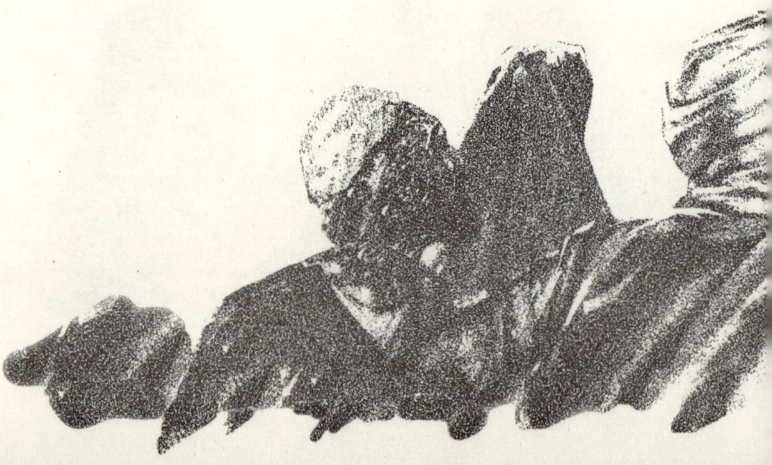

Öte yandan bir sahabi; çok ihtiyar mı ihtiyar, anlayacağınız pirifani. O devirde yeryüzünde hayatta kalan son sahabi... Ama kendini herkesten gizlerdi, eli-eteği öpülsün istemezdi. Bilen bilirdi, o başka.

Tâbi olduğu ordunun komutanı genç bir mücahitti. Onu bilir, pek sever, sayar, hürmette kusur etmezdi.

Bir akşam çadırına gelip:

"Sahabi olduğunuzu biliyorum efendim" dedi, **"sırrınızı bu güne kadar sakladım, bundan sonra da saklarım ama bu sefer işimiz hayli çetin. Eğer yarın kazanamazsak sizi ifşa edeceğim."**

Resmen tatlı bir tehdit...

"Evladım, bunu bana niye söylüyorsun?"

"Siz duâ etmeyi bilirsiniz, bizim bilmediklerimizi de..."

"O'nun, aleyhissalatü vesselam, dizinin dibinde yetiştiniz. Habibinin dostusunuz. (Zaten sahabi dost demek.) **Sizin hatırınız var, yani dost hatırı. Kerem edin, lütfedin, bu gece duâ buyurun, yarın iş bitsin. Yoksa..."**

Hazret; **"beni fena yakaladın"** deyip genç komutanı gönderdi ve secdeye kapanıp:

"Ya Rabbi, bu gencin maksadını hasıl et, yoksa... Yoksa rahmetini aleme ilan ederim, secde eden kalmaz sana!"

Ertesi gün ordu zafer kazandı, sahabe ise şehit oldu ilk safta...

Aşkı böyle yaşadılar.

Evet sohbeti toplayalım artık. Hoş hatipler **"toplayalım artık"** dedikten sonra yarım saat konuşurlar. Böyle mevzulara başlaması zordur, bitirmesi ayrı zordur. Hele böyle sizin gibi dikkatli okuyucunuz varsa...

Nâili merhum:

Ey Nâ`ilî hâmûşî mahz-ı hikemdir ammâ,
Eş'ârı böyle söyler üstad söyleyince.

Biz demiş, kişinin kıymetini az konuşmasından anlarız. Peki hiç konuşmazsa. O kadar akıllı adam nerdeee?

Ve **Hazret-i Aişe** annemizden bir dörtlük.

Hazret-i Yusuf kıssası üzerinden söylüyor.

Hazret-i Yusuf mısır pazarında köle olarak satılmaktadır, tüccarlar, zenginler nesi var, nesi yoksa ortaya koyar talip olurlar.

Züleyha'nın parası çoktur, o kazanır.

Onun güzelliği hakkında Cenab-ı Peygamber, sallallahü aleyhi ve sellem, bizzat şöyle buyurmuştur:

"Güzellik denen nesne ikiye taksim olundu, yarısı kardeşim Yusuf'a verildi, kalan yarısı insanlara yetti."

O letafeti, sevimliliği yüzünden babası namaz arasında bakar gibi oldu, gözlerini kaybetti ve senelerce hasret çekti.

Aşk büyük olunca gayret de büyüyor.

Hapiste iken mahkumiyeti biten birine:

"İmparatora halimizi hatırlat" dediği için senelerce kaldı zindanlarda.

Allahü teâlâya malum, nasıl olsa.

Bunlar şefkat şamarı... Bir hadise var, can ile canan arasında.

Bize seyretmek imrenmek nasiptar olmak, bir miktar da talep etmek düşer.

İşte onu satın almak isteyenler diyor; hazret-i Aişe, radıyalllahü anha:

"Seni görselerdi ya Resulallah, bir kuruşlarını harcamaz, bütün servetlerini verirlerdi sana."

Hazret-i Yusuf'u alan Hazret-i Züleyha kınandı etrafınca. Kadınlar dediler ki:

"Bak bak, olacak şey mi? Koca kraliçe aşık oldu bir çulsuza..."

Aşıklar kınanırlar, ta'n edilirler taşlanırlar. İşte buradaki duruş mühimdir; bu aşkın namusudur. Aşık çilelere sabreder sadakati azalmaz, aksine katlanarak artar.

Züleyha o kadınları çağırdı, önlerine elma koydu, ellerine bıçak verdi, ne zamanki soymaya başladılar, bir işaretle perde arkasına sakladığı Yusuf aleyhisselamı çıkardı. Kadınların akılları başlarından gitti, parmaklarını doğradılar, hiç acı duymadılar.

Hazret-i Aişe ilave ediyor:

"Mısır kadınları Hazret-i Yusuf'u görünce ellerini kestiler, seni görselerdi yüreklerini keserlerdi, farkına varmazlardı Ya Resulallah!"

Ve lev semia ehlü Mısra evsâfe haddihî.
Lemâ bezelû fî sevmi Yûsüf'e min nakdin.

Levîmâ Zelîhâ lev reeyne cebînehû.
Le âserne bilkatil kulûbi alel eydi.

Efendimize, sallallahü aleyhi ve sellem, sordular; **"en çok kimi seversin ya Resulallah?"**

"Aişe'yi..."

"Erkeklerden?"

"Aişe'nin babasını."

Hazret-i Aişe annemizdir. İnsanın annesini pek özlemesi, hasretle, hürmetle sığınması lazım gelir, değil mi?

Az kaldı. Gidince onu arayacağız. Diyeceğiz ki:

"Muhterem anne, veziyet kritik. Anneler evladlarını bırakır mı?"

Elbette bırakmaz!.. **Hazret-i Aişe** validemiz hiç bırakmaz.

Aşkın kaynağı Efendimiz, salllahü aleyhi ve sellem, **Miraç** gecesi hiç kimseye nasip olmayan nimetlere kavuştu. **Allahü azimüşşanı,** bilmediğimiz bir şekilde gördü ve konuştu.

Soruldu:

"Ne istiyorsun?"

"Ben geldim bu devlete eriştim ama ümmetim için endişeliyim. Çok günah işliyorlar, korkarım cehenneme gidecekler!..."

Ve cevap; **Süleyman Çelebi**'nin mısralarıyla:

Ben sana âşık olunca ey Şerif,
Senin olmaz mı dü âlem ey Lâtîf,

Ümmetini sana verdim ey Habîb,
Cennetimi anlara kıldım nasîb.

Ey Habibim, nedir ol ki diledin,
Bir avuç toprağa minnet eyledin.

"Cenneti verdim, başka isteğin var mı?" buyurdu ki; orada bahsi geçen bizleriz.

Şefkatle sarılıp sarmalananlarız, işte edebiyatımız da bunları hatırlatıyor bizlere:

"Sevildiğini bil, yanlış yapma" diyor, günümüz Türkçesiyle.

Ve bize aşkın kaidesini öğretiyor:

Şimdilik hüsnü (güzelliği) sana, aşkı bana vermişler.
Âriyetdir (emanettir) bu da cânâ; ne senindir ne benim.

Sahip çıkma, bu bir imtihandır.

Bayezid-i Bistami hazretleri talebeleri ile birlikte gidiyorlardı, baktılar bir kelp (köpek) laşesi (leşi)...

Köpek, Farsça: Seg,

İngilizce: Dog,

Kapı: Door...

O, Farsça der...

Malum; hal lisanı ile söylenen dil ile söylenenden makbuldür. Osmanlıcası:

"Lisan-ı hal, lisan-ı kâl'den entaktır."

Dediğime bakma halime bak. Halimize de bakmasınlar, biz biliyoruz kalıbımız kaç para.

Bir hocaya sormuştum; **"hocanın dediğini yap, yaptığını yapma"** derler hocam.

Evet, takva ile hareket ediyordur, haline uyamazsın, bari dediğine uy, fetvayı kurtar.

Köpek, felaket kokmuş, millet burnunu tutuyor.

Hazret **"gelin"** dedi **"gelin, bakın lisan-ı hal ile ne söylüyor?"**

"Ey Bayezid! Seni evliyanın sultanı, beni tiksinilecek köpek yaratan Allah, bunun tersine de kadirdir. Ve hâlâ yapabilir."

Sahip olduğun şey emanettir, kıymetini bil, kibretme.

Bakın ne güzel, Allah dostlarının mesajı...

Bu tarih ve bu coğrafyada buluşan insanımızın yapacağı tek şey var:

Ecdattan miras kalan pek kıymetli hazine sandığının kapağını aralamak, o kokuyu sindire sindire içine çekmek...

Söz Nisan yağmuru gibidir. Hesapsızca yağar amma ancak deniz kulağına düşen inci olur.

Sühan ez müstemian kadr-i pezired Sâib,
Katre der gûş-u sedef, gevher-i şah-var şeved.

Bu hafta İstanbul'da üç gün geçirdik; Cuma, Cumartesi Pazar. **"Yediğin içtiğin senin olsun"** diyorlar **"gördüğünü anlat."** Çok güzel şeyler gördüm Süleymaniye Camii civarında. Hatta resim bile çektim gönderdim sağa-sola.

Süleymaniye Camiinin avlusuna ne zaman girsem bir hoş olurum zaten. Bilmem ağlasam mı, gülsem mi?

Umumiyetle ikisi birlikte oluyor. Tabii millet de bana bakıyor: **"Deli mi ne?"**

Ağlamak için çok sebep var. Yazacağım bir makale: **"Süleymaniye avlusunda ağlamak"** koyacağım adını da.

Bostancıya geçtim sonra. Maksadım ziyaret. Bir talebem var, çok özel bir çocuktu zamanında. Özelliği duruyor da yaşı kırk bir oldu bu arada.

Dokuz yaşındayken pankreası işi bırakıyor, **"stop, benden bu kadar"** diyor, gayri faal. Şeker hastalığı tavan yapıyor adeta.

Ağır ağır çöktü. Önce gözler gitti, sonra böbrekler... Hâlâ yaşıyor ama organ nakliyle.

O benim talebem, ben onun öğrencisiyim. Hal öğreniyorum ondan. Günaha istidadı olmayan nadide bir insan. Üstelik Bağdat caddesinin çocuğu, dünyalıklar fır dönüyor etrafında.

Yedi kardeşin en küçüğü, evde çok seviliyor. Yerli bir araba almışlar, adeta onunla oynuyor.

Sene; 1997...

Bağdat caddesindeyiz. O direksiyonda, ben yanında.

Akşam namazı sıkıştı, darlandım. Akşamı ilk yirmi beş dakikada kılmak lazım, yoksa giriverirsiniz vakt-i kerahate. Aman aksamasın, duâ edin bana.

Gerildim, geçirmek olmaz da, gecikme olmasa. Trafik de öyle sıkıntılı ki arabayı bırakamıyoruz bir tarafa.

O hengamede sordu:

“Abi” dedi **“şimdi biz gecikirsek Hanbeliyi takliden cem-i tehir mi yapacağız?”**

Hanbeli mezhebini takliden cem-i tehir!

Tereddütü bilmediğinden değil, cevabı zaten içinde, talebem ya, edeben sözü bırakıyor bana.

Bakın sorunun içinde ne altyapılar var?

En zor şartlarda, her hâlükârda namaz vaktinde kılınır, kazaya bırakılmaz, çok mühimdir. Lami, cimi olmaz.

Uyku ve unutmak müstesna.

Peki, kılamazsak ne olur? Vakit hayli geçmiş, son on dakikaya gelmişiz zira?

Hanefi mezhebinde ikinci bir ictihad var:

“İşa-ı sani” diyorlar, ikinci yatsı vakti.

İkindi de **“asr-ı sani”** oluyor.

Osmanlı, bunları pek bilir. Kışın otuz altı, yazın yetmiş iki dakika sonra bir ezan daha okurlar. İmameyne göre de vakit yerine gelsin. Yatsıda da bu kışın sekiz, yazın on yedi dakika sarkar. Bizim gibi gafiller namazı kaçırmasınlar diye.

Bununla da kılamazsan, mezhep taklidi ile kurtaracaksın namazını.

Sefer yokken, şehrinde mukim iken, herhangi bir sebeple namaz kılamadıysan, sadece Hanbeli mezhebi müsaade eder ama şartlarına uyarsan.

Sorunun içinde bilmediği bir şey yok.

Böyle talebe dostlar başına.

Benim yarı deli arkadaşlarım olur. O Bu taleben de onlarda; üst üste üç gece sabahlarız bazen.

Yine bir gün böyle sabahlamışız, mesai başlayacak, maaşlıyız zira.

İyi bir final lazım, oldu olacak gidelim Eyyup Sultana.

Abdest almak için şadırvana yöneldim, bizim ki mütereddit dikiliyor.

Dedim **"hayrola?"**

"Abi, abdestin yok muydu?"

"Yook."

"Ben sizden duyduğum günden bu yana abdestsiz basmadım küre-i arza."

Biz söylemişiz, o yapıyor.

Böyle talebeler çok zorluk veriyor insana. Haydi bir daha abdestsiz gez kolaysa.

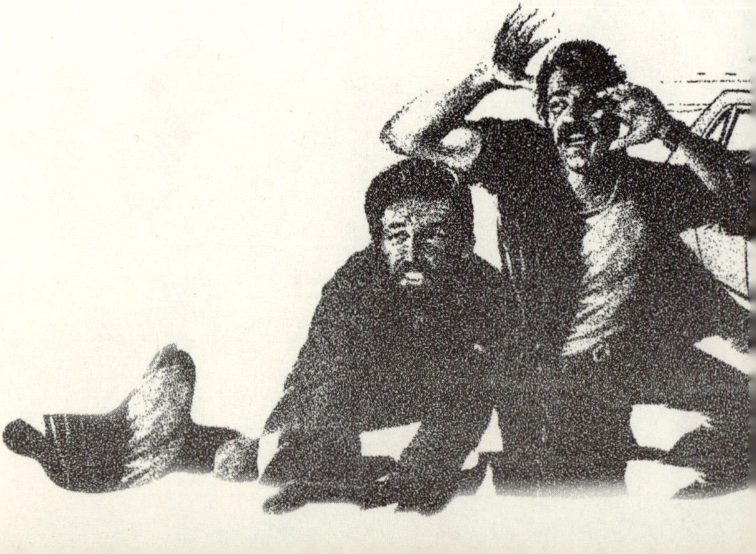

Ki göz görmüyor, böbrek süzmüyor, hayatı zindan güya...

Bazı şeker hastaları saçma hareketler yapar. Bir gün yine yanımda dalgınlaştı, karardı. Kendi kendime dedim; **"bunun insülin vakti geldi herhal, yetiştiremezsek eyvah!"**

Baktım gitti, ne sözler kontrolde ne direksiyon. Şuur uçmuş, geziyor mecnunlarda.

Şekeri öyle çıkıp iniyor ki, sekiz yüz oluyor. Doktorlar; **"ölmen lazım"** diyorlar.

Ertesi gün on yediye düşüyor. Doktorlar yine **"ölmen gerek"** diyorlar.

Hemen direksiyona yapıştım, el frenini çektim. Fırladım, bakkaldan bir çikolata aldım, soktum ağzına. Daha yutmadan rücu etti aslına. Şuur geldi, yüzüne renk düştü bakışlarına mana. Krizi atlatmasa ölebilirdi, ettiği söze bak o ara.

"Tebrik ederim, golü kurtardınız son anda."

Demek ki Mü'min de **illet, kıllet, zillet** oluyor.

İllet: Hastalık.

Kıllet: Fukaralık.

Zillet: İtibarsızlık.

Cenab-ı Allah dert veriyor, sevdiği kullarına. Eskiler: **"Kırk gün bela gelmezse kork"** diyor, **"ne günah işledin acaba?"** diye soruyorlar nefislerine... Yani nefis muhasebesi yapıyorlar.

Düşünün şimdi; turp gibisin, para gani ve herkes de sana hürmet ediyor. İyi, güzel de azmadan o köprüyü geçmek nadiren vaki oluyor, hikmet-i Hüda...

Eğer **Firavun**'un bir gün başı ağrısaydı... **"Ben sizin ilahınızım"** diyebilir miydi acaba?

Dört yüz küsur sene yaşadı ve her dediği yapılırdı anında. Herkes emrine amade olunca tanrılığa kalkıştı maazallah!

Efendimiz, sallallahü aleyhi ve sellem, o ayeti kerimeyi namazda okuyunca **Hazret-i Ömer** gayrete geliyor. Eline geçse parçalayacak.

İyi de konuştu, namazı bozuldu mu acaba?

Hususi bir hal... Yani hazreti Ömer, radiyallahü anha has durum, tabii, af oluyor.

Biz kurala tabiyiz... **"Ben de kızdım, konuştum"** demek olmaz.

Şifa-i vasıl.

Vasıl, vusul: Kavuşma,

Visal: Sıla…

"İsale hattı" diyoruz mesela...

Adam suyu ulaştırıyor.

Akraba kelimeleri bilmek ne güzel di mi?

Abi çok haklıydım, dilekçemi de yazdım ama karar lehime çıkmadı. İyi de güzelim, o dilekçenin asliye hukuk mahkemesine verilmesi lazımdı, sen götürdün sulh cezaya verdin. **Usulsüz vusül** olmuyor.

"Usul vusule tekaddüm eder..." (Mecelle)

Tamam güzel yürüyorsun hızlı yürüyorsun da, ya yanlış yolda yürüyorsan...

Benim babamın öğretmeni vardı. İlk mektep muallimi. Eski köy enstitüsü mezunlarından, çok da dindar. O kadar dindar ki zikrden başka bir şey yapmaz. Cebinden bir kağıt çıkarır, üstünde Cenab-ı Hakkın doksan dokuz esma-i hüsnası, yani; güzel isimleri yazılı. Latin harfleriyle tabii. Bir torba da fasulyesi var, onu koyuyor önüne. İsimleri sayıyor: **"Tamam, benim namazım bu"** diyor.

"Nerden çıkardın hocam?"

"Ben çok meal okudum 'beni anın' **buyuruyor, Kur'an'da. 'Fezkuruni ezkurkum...' Tamam siz gidin, bana Cuma gerekmiyor."**

Haşa!

Ne oldu şimdi?

İlim, usul olmadığı için, hata üstüne hata işleniyor... Üstelik, hata yapıldığını anlayacak kapasiteleri de yok. Cılız akıllara göre; bozuk, yanlış işler…

Sen kendi kendine mealden hüküm çıkaracaksan, olacak şey mi?

Peki peygamberlerin vazifesi ne?

O ayetler kime indi?

Kavuşmanın nasıl olduğunu sor.

"Kime sorayım?"

"Ayrılık acısına düçar olana."

Kavuşmanın lezzetini değerini o bilir anca.

Ayrılık nasıl olabilir?

Ayrıdır da bundan elem duymaz.

Kendini hasta kabul etmez mesela.

Resulullah Efendimizi görmediği zaman dertlenenler vardı. İçini çeke çeke ağlayanlar...

İnsan utanır, bir de **Hannane**'ye kütük diyorlar.

Efendimiz gidip sarılmasa kıyamete kadar ağlayacaktı oysa...

Ebu Cehil komşusu, **Ebu Leheb** amcası ama ayrılıktan ıstırap duymuyorlar ki, kavuşmaktan telezzüz yani lezzet alsınlar.

Ayrı mıyız?

Evet ayrıyız.

Neden?

Çünkü öyle bir yerden geldik ki...

Bişnev in ney çün hikâyet mîküned.
Ez cüdâyîhâ şikâyet mîküned.

Dinle, bu ney neler hikâye eder, ayrılıklardan nasıl şikâyet eder?

Kez neyistân tâ merâ bübrîdeend.
Ez nefîrem merd ü zen nâlîdeend.

Beni kamışlıktan, kestiklerinden beri feryâdımdan erkek ve kadın bütün insanlar müteessir olmakta ve inlemektedir.

Ney dediğin; yedi-sekiz delikli bir sopa. Ne diye sızlanıyor? Kamışlıktan (neyistan'dan) kesildi, koparıldı da ondan, vatanına hasret, özlüyor.

Baban (Adem aleyhisselam) cennette idi, sen dünya adlı bir çöplüğe geldin. Berbat bir yer, hiç de keyif vermiyor. Elbette ayrılık acısı olacak.

Hasan Sezai hazretleri:

"Münkirîn görüp Sezai bizi firkatte sanır
Gülşen-i dehr içre hâlâ yâr ile seyrâneyiz" demiş.

İnkârcılar bizi görür, firkatimize ayrılığımıza yanar, bizim için kederlenmeye kalkarlar. Bilmedikleri şudur; biz hiç ayrılmadık ki...

Nasıl oluyor, anlayamadım?

Beden ayrıldı, ruhumuz birlikte.

Yerçekimi bedenimizi çekiyor aşağıya, illiyyin ruhumuzu çekiyor yukarıya.

Yükseklere aday olan ruh, aşağı namzet olan beden.

Dünyada mutluluk yok. Buradaki sureti.

Ebediyet; hasretin varsa, sonsuzluk özlemin varsa, **mutlak hakikati** ara, oraya, buraya bakma!..

İşte bunu yanlış yerde aramamanın adı:

"İyi Müslümanlık!"

Müslümanlık; ince insanlıktır, tasavvuf ise; ince Müslümanlık. Samimi, şeksiz, şüphesiz...

Tasavvufun gayesi iki...

Sadece iki:

İbadetlerden zevk alma,

Ve imanın vicdanileşmesi...

Ben de **namaz kılıyorum**, sen de...

Ben süreta kılıyorum, hesaptan kurtulayım. Sen ise zevk alıyorsun, hem de doyamıyorsun secdeye rükûya. Aradaki farka bak!

İbadetin lezzetini alan başka şey aramaz, biraz peşine düşmek biraz da istemek lazım.

İstek verildiyse, nimet de verilecektir.

Vermek istemeseydi, istek vermezdi zira.

Ne büyük nimet!

Çerâğ-ı meclisi pervâne yana yana arar.
Murâd ü matlabı sûziş değilse yâ ne arar.

Niye arıyor pervane?
Biraz etrafında geziyor, sonra atıyor kendini alevin kucağına.

Nasılsın abi?
Kötüyüm, elhamdüllillah!

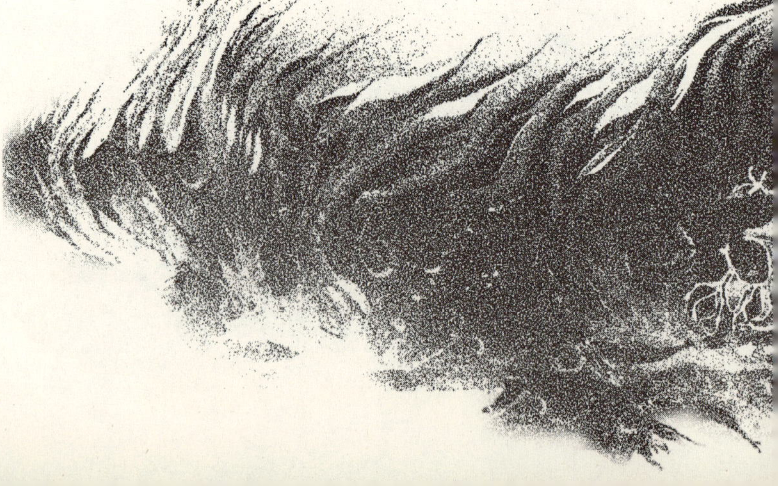

Bayezid-i Bistami hazretleri oğluna nasihat ediyor:

"Allahı seviyor musun?" diye bir sorarlarsa n'olur sus, konuşma!

"Sevmiyorum" desen kafir olursun.

"Seviyorum" desen kazib (yalancı)...

Onu sevenler malum, gidişin onlara benzemiyorsa, sükut et bari, ağzını açma...

Aşk böyle anlatılır anca...

"Olandan sor!" Böyle bir redif üzerinde şiir yazmaya cesaret etmiş insanlar.

Benim tespit edebildiğim birbirine nazire olarak dört eser sahibi var:

Fuzuli; 1555

Niyazi Mısri hazretleri; 1693

Hasan Nazif Dede; 1882

Alvarlı Lütfü Efe hazretleri; 1956

Dördünün de birer gazeli var.

Şifâ-yı vasl kadrin hecr île bîmâr olandan sor.
Zülâl-i şevk zevkin teşne-i dîdâr olandan sor.

Lebin sırrın gelip güftâre ey meh özgeden sorma.
Bu pinhan nükteyi bir vâkıf-ı esrâr olandan sor.

Gözü yaşlıların hâlin ne bilsin merdüm- i gâfil,
Kevâkib seyrini şeb tâ seher bîdâr olandan sor.

Gamından şem'tek yandım sabadan sorma ahvalim,
Bu ahvali benimle ta seher bidar olandan sor.

Habersiz olma fettân gözlerin cevrin çekenlerden,
Habersiz mestler bîdâdını hüşyâr olandan sor.

Harâb-ı câm-ı aşkım nerkis-i mestin bilir hâlim,
Harabât ehlinin ahvâlini hammâr olandan sor.

Muhabbet lezzetinden bî-haberdir zâhid-i gâfil,
Fuzûlî aşk zevkin zevk-i aşkı var olandan sor.

Şiir okumak zevkini kaçırmamak için düşünmeden okumak lazım önce. Sonra üzerinde mütaala ederiz, diğer biri fadeyle tetebbu ederiz. Zamanımızın insanın anlaması için de; üzerinde fikir yürütür, düşünürüz...

Güzel gazel vesselâm.

Fuzuliye yakışır ustalıkta…

***

Dört üstü dört olur mu safa cihanda kim,
Merbut-i çar-mıh-ı anasır bulunmuşuz.

Dört dörtlük mutluluk mümkün mü, dört zıd tesirin altındayken dünyada?

Dad alma mümkin idi felekten ya neyleyim,
Bir kaç zaman içinde misafir bulunmuşuz.

Dad: İstek demek, mutluluk.

Evet, mutluluk tahsili belki mümkün idi, kapıyı çalsak verilebilirdi ama iki sebepten olmadı.

Biri misafirdik, mürüvvete yakışmazdı umduğumuzu değil bulduğumuzu yemeliydik.

İkincisi de vakit yoktu zaten. Ömür dediğin birkaç günlük zaman. Uzun da olsa bütün hayata misafirliği yakıştırıyor ayrıca.

Evet, bu **Galib,** şiirden anlıyor.

Alim önce zahiri ilimlerde yetişecek, kemal bulacak. Sonra tasavvuf yolunda ilerleyecek. Birinci olmazsa, ikinci de olmuyor. Neticede varılan başka şey.

"Transandantal meditasyon" diyorlar ya da **"yoga..."**

Öylelerini de gördüm.

"Biz tasavvuf ile meşgulüz" diyorlar, ne namaz var, ne niyaz.

Ben anladım senin ne ile meşgul olduğunu da... Konuşturma!

Ehli dünya ile ahiret ehlini dört noktada birbirinden ayırabilirsiniz. Başkalarını geçeceksin ama, kendine bakmak için kullanacaksan.

Milleti katagorize etmek bizim işimiz değil.

Senin senden başka derdin yok aslında.

En büyük dostu: Ehli Dünyanın sağlık, diğerinin ki Allah, celle celalüh...

En büyük düşmanı: Ehli Dünyanın hastalık, ehli ahiretin nefis...

En iyi sevgisi: Dikkat büyük demedik, iyi dedik. Dünyacının çocuk, ehli ahiretin ilim ve hoca...

En büyük korkusu: Biri açlığın, diğeri ayrılığın fikrine bile tahammül edemiyor.

Bak kalbine, kimi seviyorum? Neden korkuyorum? Kime dostum, sonra?

Çeşm-i insaf gibi kamile mizan olmaz.
Kişi noksanını bilmek gibi irfan olmaz.

Feilatün feilatün feilatün falün...

Şifâ-yı vasl kadrin hecr île bîmâr olandan sor.
Zülâl-i şevk zevkin teşne-i dîdâr olandan sor.

Zülal; çok sevdiğim bir kelime, tatlı, sevimli demek ama suyun sıfatı. Su nasıl tatlı olabilir? Haziran ayında oruç tut anla.

Teşne olmak lazım, tadı yok, kokusu, yok rengi yok ama güzel. Donmuşu ayrı güzel, buharı ayrı güzel. Damlası da güzel, deryası da.

Hani çok sevimliydi, mülayimdi. Lakin **Celâl sıfatı** tecelli ederse koca transatlantikleri hap gibi yutar.

Kudret sıfatı tecelli ederse donar, genleşir, kayaları patlatır, çelikleri yırtar.

Sabırlıdır, damla damla düşer mermeri oyar.

Rezzak sıfatı da suda tecelli eder, her canlı ona muhtaç.

İLİM, ALİM, CAHİL

Bir sual geldi ehli irfana:

"Balık da su içer mi acaba?"

"Bunu bir biyoloğa soraydık" deyip ekledi: **"Ve Cealnâ Minel Mâi Külli Şey'in Hayy!"**

Ayeti kerime efendim...

Külli şey: Her şey... İki türlü söylenir. İşte bunu kullanırdı eskiler. The, lö, lam-ı tarif...

The door: **"Bu kapı!"**

Dikkat et! Herhangi bir kapı değil; bu kapı.

"Ekeltü külle rummane."

Bütün narları yedim.

Ekeltü küller rumane. (Harfi tarifli)

Hani bildiğimiz narlar vardı ya; bi sepet, iki sepet her neyse, işte onların hepsini yedim.

Birinci tarife göre yeryüzündeki bütün narları yiyemeyeceğime göre, ekşisini, tatlısını, alını, morunu, batıdan geleni, doğudan geleni, kuzeyden de güneyden geleni de yedim. Bütün narlardan yedim.

Ayet-i kerimede harfi tarif yok, öyleyse bütün canlılar.

Evet bütün canlılar... Öyleyse balıklar da dahil ona.

Bakın bir ufak takı, ek, ilave neleri değiştiriyor? İlimle cehlin farkı burada.

Üç beş kelime Arapça öğrenenler hangi cesaretle **Kuran-ı kerime** mana veriyorlar?

İsabet ihtimalleri var elbette ama ya tutmazsa? Allah muhafaza.

İlk mektepte anatomi okuyorsun.

Tamam oku da, sadece oku. Yorum yapma!

İlim; alimden öğrenilir ayrıca.

Eskiden alim, cahil ayrıydı, şimdi karıştılar.

Alim; bazı şeyleri bilendir,

Cahil; her şeyi bilen...

Bir adam her konuda konuşuyorsa…

Yaklaşma yanına.

Şifâ-yı vasl kadrin hecr île bîmâr olandan sor.

zülâl-i şevk zevkin teşne-i dîdâr olandan sor.

Zülal-ı şevk: Su içme zevki ama **teşne-i didar** isen tadacağın bir lezzet.

Teşne: Susuz yanmış, arzulu.

Didar: Yüz cemal…

Göz görmeye doymaz.

Süleyman Çelebi: Ta (ki) geluben (gelerek) göreler didarımı...

Ayeti kerimede buyruldu:

"Gözü hiç ayrılmadı, hiç taşkınlık yapmadı..."

Aşkı öğretiyor.

Hafız Şirazi de şiirleştirmiş, **İmam-ı Rabbani** hazretleri de almış mektubatına.

Yarimle geziyorduk elele.
Haberim yok bakmışım bir çiçeğe.
Utanmıyor musun dedi ve ekledi,
Ben varken nasıl bakarsın güle?

Azara bak!..
Evliyadan bir hanım vardı. Bir izdivaç teklifi oldu yolda.
Caizdir, olur.
"Sana aşığım" dedi adam, **"yanıyorum valla..."**
Mübarek hanım bir sahtekarlık hissetti.

Ama kız kardeşim benden daha güzel..."
Adam döndü; "hani nerede?"

"Aşık başka yere bakmaz" dedi yürüdü mübarek.
Aşıkmış, kimi kandırıyorsun?

***

MUHABBET SEVGİ

Güzel kimdir?
Gönlünün sevdiği.
Aşık güzel olduğu için sevmez ki, sevdiği güzel gelir ona.
Sevgi merkezdedir.

Muhabbetten Muhammed oldu hasıl.

Muhammedsiz muhabbetten ne hasıl?

124 bin şu kadar peygamberden en üstün altısı…

Safiyullah, Neciyullah, Kelimullah, Halilullah, Ruhullah, Habibullah...

Diğerleri de büyük sıfatlar ama **"muhabbet"** başka. Ekmelin ekmeli en üstünü muhabbet.

Ve esasen iman; muhabbetten ibarettir.

Yani bir kimse:

"Abi, aklım erdi benim, tamam bu Kur'an-ı kerim insan eliyle yazılacak bir kitap değil. Muhammed de belli ki peygamber, başka bir şey diyemiyorum ona. Çünkü ne kahine benziyor ne sihirbaza."

Ama emir ve yasaklarını sevmese. Böyle iman; iman olmaz.

Eğer bu iman; olsaydı, **İblis**'ten kuvvetli mü'min yoktu aramızda.

Yalan mı?

Hangisini bilmiyor ki bu şeytan? Seni, beni okutur icabında.

Dinini senden iyi bilmese; seni, beni nasıl aldatacak? Mel'unun bir sürü silahı var; vesvese veriyor, ucba sürüklüyor, tuzağa düşürebiliyor.

Ebû Cehil neyi bilmiyordu ki? Adam küfürde sabit kaldı. "Dediğim dedik!" Geri adım hiç atmadı... Ama ne inatmış, değil mi?

Hatta bir gün:

"Ey Muhammed" dedi, **"senin peygamber olduğun ayan, beyan ortada ama iman etmeyeceğim sana!"**

Bunu da laf olsun diye değil, bilhassa üzmek için söylüyor.

Üç türlü küfür var malum: **Hükmi, cehli, inadi!**

Bununki sondaki. İnat mı inat... Ebedi cehennemliğe razı...

Emri ve neyhi beğenmeden iman olmaz... Ha yaparsın veya yapamazsın, o başka.

Bigane kalmak, lakayt durmak var, bir de yapamayıp pişman olmak.

Hiç günahsız olamayız! Neticede insanız, melek değiliz ki sonunda.

Eğer cürmün seni kulluğa, duâya sevk ediyorsa...

Ataullah İskenderi hazretleri **Hikem-i Ataiyye** adlı eserinde buyuruyor ki:

"Zillet ve inkisara sebep olan günah, izzet-i nefse ve kibre sebep olan taatten hayırlıdır."

Adam ilim öğrenir, hizmet de yapar. Bir gaza gelir, şişinir, eyvah!

Ama öbürü günah işlemiş, boynunu bükmüş:

"Ya Rabbi" demiş, yalvara yakara.

Müminin hali sazlıktaki kamışlar gibidir. Kah yatar, kâh kalkar.

Öyle kazık gibi dikilmeyeceksin, yıkılırsan doğrulamazsın sonra!..

Boynu bükük olmak çile çekmek lazım.

Necip Fazıl:

"Yalnız ağlayanda riya olmaz" demiş.
Kime gösteriş yapacak, zaten bir başına.
Üstadın böyle pırıltıları var, **Abdülhakim Arvasi** hazretleri gibi bir büyük gördü zira:

Lebin sırrın gelip güftâre ey meh özgeden sorma.
bu pinhan nükteyi bir vâkıf-ı esrâr olandan sor.

Bu gazeli incelerken bir şerhe ihtiyaç duydum.
Böyle bir eser var; **Ali Nihat Tarlan** yazmış bir ara. **Fuzuli Divanı** şerhi. Zaman zaman müracaat ediyorum ona.

Sahi buraya nereden geldik?

Bostancı'da o çocuğu ziyaret ederken bir tabela gördüm:
"Ali Nihat Tarlan Caddesi."

Keşke biri de **Şeyh Galib**'i şerh etse, baştan başa.
Biri bunu yapsa...
"Hocam" dediler **"bunu yapsan yapsan sen yaparsın."**
Yok daha neler?
"Allah adamı taş eder valla!.."
Anadolu'da çok kullanılır bu deyim. Biri ekmeği ayağının ucu ile itse, namaz kılanın önünden geçse, Kur'an-ı kerimi abdestsiz tutsa:
"Taş olursun! Ne yapıyorsun?"

Leb dudak; dudak, güya.

Klasik şiirimizin bakış açısına bakın.

Adamın ağzı kapalı, abdest alırken ağzın içini yıkamak farz değil malum. Burası yok, boşluk.

Yani varlıktan yokluğa geçme hali, dudak ile formülize edilmiş.

Lebin sırrı...

Yani yokluk sırrını benden başkasına sorma.

Özge: Başka, gayri, mâada.

Sen sırlara vakıf olandan, agâh olandan sorma.

Bakın müderrislere takılıyor.

Bilmez inkâr eder sonra.

Fakih-i medrese mazurdur inkâr-ı aşk etse.
Yok özge ilmine inkârımız bu ilme cahildir.

Profesör, aşkı inkâr etse şaşmayın, kendi sahasında ihtisasına hürmetimiz var ama bu sahada söz bizimdir.

Gözü yaşlıların hâlin ne bilsin merdüm- i gâfil,
Kevâkib seyrini şeb tâ seher bîdâr olandan sor.

Kevkep: Yıldız,
Kevakip: Yıldızlar.

Yıldızların seyrini; geceden sehere (şeb tâ seher) bîdâr olandan; uyumayandan sor.

GAZEL

"Uyumaz" redifli iki gazel.

Muhibbi ve **Şeyh Galib**'ten… Muhteşem mısralar:

Dîdesi havf-i rakîb ile olup eşk-efşân.

Su uyur, düşman uyur, haste-i hicrân uyumaz...

"Su uyur, düşman uyumaz" atasözü. Üstüne laf mı konur. Şair **Şeyh Galip**'se koyar.

O aşık var ya; hicran acısı çeken aşık. Rakibin yarasına el atması korkusuyla uyuyamaz.

"Su uyur" da **"su"** değil aslı; **"sü"** yani; asker, aşık uyuyamaz.

Bu redifli mısralarda çok iş var ama çözmek, muradı tam anlayabilmek için birkaç yüz yıllık ömür lazım.

Benim de bitmez, tükenmez böyle ömre sığmaz arzularım var.

Şeyh Galip merhum diyor ki:

Budur dâd u sitâd-ı dehrden sûd u ziyân ancak,
Hezârân arzûdan bir peşîmân olduğum kaldı...

Dâd u sitâd: Alış-veriş, aldık sattık.
İşte bilanço; kâr zarar, aktif pasif, filan...

Muhasebe dedikleri kestirmeden üç sorudur:

"Kasaya ne girdi? Ne çıktı? Ne kaldı?"
Hesap ortada bırak uzatma lafı. Ömür de öyle; ne kadar yaşadık, daha ne kadar yaşayacağız, geriye ne kaldı?

Kim bilir belki kefenimiz dokundu da tezgâhta bekliyor.

Gaflet işte, hele bizim gibilerin ayağı çukurda.

"Binlerce arzu besledim" diyor **"elimde bir pişmanlık kaldı..."**

Dehr: Zaman, vakit...

Sûd: Kâr, kazanç...

Hezârân: Binlerce, çok...

Peşîmân: Pişman...

Gamından şem' tek yandım, sabadan sorma ahvalim.
Bu ahvali şeb-i hicran benimle yar olandan sor.

Harâb- ı câm-ı aşkım nergis-i mestin bilir hâlim.
Harabât ehlinin ahvâlini hammâr olandan sor...

Meyhanedekinin halini; hammardan yani çok içen ayyaştan sor.

Hamr: Sarhoş eden içki.

Hamele: Taşıdı demek.

Hamil: Taşıyan.

"Hamili kart yakınımdır" sözü meşhur bizde: Bu kartı getiren yakınımdır, dostumdur...

Bir de **"hammal"** var. O da taşıyıcı.

Peki farkı ne?

Mübalağa sigası olunca **"hammal"** çok çok taşıyan.

Gasil: Yıkayan.

Gassal: Meslek sahibi, çok çok yıkayan.

Hammar: Bir kere içen değil, devamlı içen.

"Harabat" şairlerin dünyasında sevilen bir kelimedir.

Harap: Yıkık, perişan...

Harabat; bazen dünya olur, bazen meyhane, bazen de dergâh kastedilir.

Harabat ehli: Derviş meşrep, dergâha ait olan.

Harabat ehline hor bakma Şakir.
Defineye malik viraneler var.

Erzurumlu İbrahim Hakkı hazretleri de bu mısralarla ikaz ediyor.

Ziya Gökalp; Yahya Kemal'i tezyif ve tahkir için yazıyor.

"Harabisin, harabati değilsin, gözün mazidedir, ati değilsin."

Yahya Kemalde milliyetçi halbuki ama kuru Türkçü değil, dini terbiyeden yana...

Cevap yazıyor:

Ne harabi ne harabatiyim,
Kökü mazide olan atiyim...

Fransada bohem hayatı yaşamış. Kırk dokuz çift ayakkabısı, yüz takım elbisesi var... O deviri hayal et. Düşün, nasıl biri olduğunu...

"Kocamustafapaşa'da oruçsuz kaldım" diyor. Önünde üç beş lokma, gaz lambası ışığında iftarı bekleyenlere imreniyor.

"Kalakaldım" diyor.

BİR DAHA AŞK

"Sanki ahiretle aramızda ince bir zar var. Dolaşın Sümbül Sinan camii etrafında hissedeceksiniz."

Bizzat müşahade...

Muhabbet lezzetinden bî-haberdir zâhid-i gâfil,
Fuzûlî aşk zevkin zevk-i aşkı var olandan sor.

Aşkın lezzetinden ham sofu habersizdir. **Fuzuli;** aşk zevkini tadandan sor.

"Men lem yezuk lem yedri." Tatmayan bilemez.

Bayezid-i Bistami hazretleri oğluna nasıl nasihat etmişti?

"Allahı seviyor musun? Diye bir sorarlarsa, ne olur sus, diyor, konuşma!"

"' Sevmiyorum' **desen kâfir olursun.** 'Seviyorum' **desen kazib (yalancı) olursun. Onu sevenlerin hali malum, gidişin onlara benzemiyorsa, sükut et bari, ağzını açma..."**

"Söz biliyorsan söyle ibret alsınlar, söz bilmiyorsan sus, adam sansınlar" ata sözü; bu işi özetliyor galiba.

İşte ve tek kelimeyle **"AŞK"** böyle anlatılır anca...

***

Aşk derdi

Düşenler aşk derdine, cana derman istemez.
Artırır günden güne, derde noksan istemez.

Başı göklere erdi, canı canana verdi,
Güldür bülbülün derdi, bağ ve bostan istemez.

Eşrefoğlu Rumi der, doğru yolunda gider,
Dostunu arzu eder, başka ferman istemez.

***